U0058522

文・圖 **吉竹伸介**

1973年出生於神奈川縣。筑波大學藝術研究所總合造型學科畢業。擅長捕捉日常中不經意的小事片段，以獨特視角切入的素描集、童書插畫、裝插圖散文等，在各種領域皆能見其作品。曾以《我有理由》（親子天下）獲得第8屆MOE繪本屋大獎第一名，《這是蘋果嗎？也許是喔》（三采）獲得第6屆MOE繪本屋大獎第一名、第61屆產經兒童出版文化獎美術獎等獎項。育有兩子。

逃離吧！
腳就是用來跑的

世界上，

有各式各樣的人。

有人擅長跑步，

有人擅長畫畫。

有人不太會閱讀，

有人不太會算數。

如果人數很多的話，
當中一定會有
「不太會使用想像力的人」。

那種人不能想像自己的行為，
會給對方
帶來什麼樣的感受。

他們會
說一些很傷人的話，
做一些很傷人的事。

如果你遇到那種人，
他做出傷害你的行為，
你該做的事，只有一件。

不論如何，離那個人遠遠的。
為了保護你自己，
從那個人身邊逃離吧！

逃離並不羞恥，也不是壞事。

你長了一雙腳，就是為了
「逃離對你有威脅的人事物」呀。

然後，你的雙腳
還有另一個功能。

那就是去找尋
「保護你的人」、
「了解你的人」，
然後跑向他們。

這個世界上
有很多很糟糕的人。
不過，
也有很多溫柔的人。

不論哪種人，都是真實存在的。

沒錯，

人可以移動。

要不要移動，

可以由你自己決定。

就連感情存放的地方，
也是可以移動的。

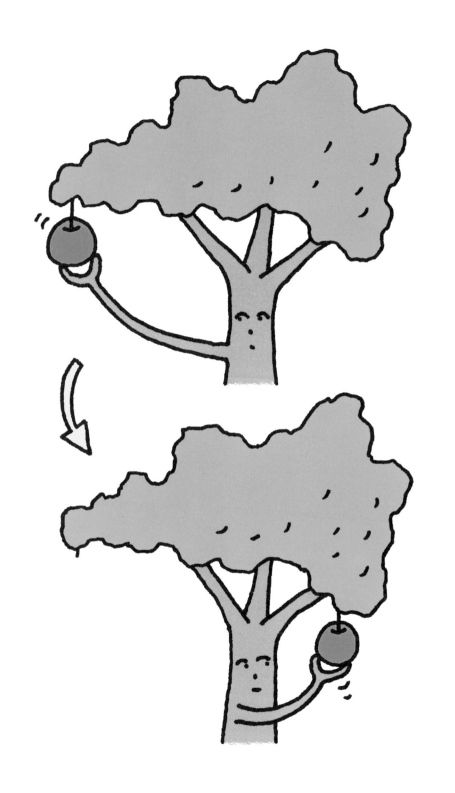

你可以為了改變自己
而移動；

也可以為了不改變自己
而移動。

現在你能移動的範圍，
可能還很狹窄。

但是，過不了多久，
你就可以去任何地方，
說不定想去宇宙也沒有問題。

一一邊迅速逃離
會傷害你的人，

同時也去找尋
重要的人和重要的事。

一定會有跟你
志趣相投的人，
可以陪你一起哈哈大笑。

那個人一定
也正在找尋你。

那個人可能
就在你的附近。

那個人可能
在書裡面也不一定。

那個人
可能現在還沒有出生。

那個人可能
在電影裡面也說不定。

可能你無法
馬上找到他也說不定，

不過，你如果放棄找尋，
就可能再也見不到他了。

所以，繼續找尋吧。
所以，繼續行動吧。

遇ㄩˋ到ㄉㄠˋ「慘ㄘㄢˇ了ㄌㄜ！」就ㄐㄧㄡˋ趕ㄍㄢˇ快ㄎㄨㄞˋ行ㄒㄧㄥˊ動ㄉㄨㄥˋ。
遇ㄩˋ到ㄉㄠˋ「好ㄏㄠˇ喜ㄒㄧˇ歡ㄏㄨㄢ！」就ㄐㄧㄡˋ趕ㄍㄢˇ快ㄎㄨㄞˋ行ㄒㄧㄥˊ動ㄉㄨㄥˋ。

我ㄨㄛˇ們ㄇㄣ是ㄕˋ為ㄨㄟˋ了ㄌㄜ可ㄎㄜˇ以ㄧˇ
自ㄗˋ由ㄧㄡˊ自ㄗˋ在ㄗㄞˋ行ㄒㄧㄥˊ動ㄉㄨㄥˋ而ㄦˊ活ㄏㄨㄛˊ著ㄓㄜ的ㄉㄜ。

不信你看！

小嬰兒是不是一直在做「動來動去」的練習？

逃離

找尋

行‍動

願你在不久的將來，
可以
找到很棒的什麼，
找到很棒的某人。

獻上我的祝福。

繪本 0298

逃離吧！腳就是用來跑的

文・圖｜吉竹伸介（ヨシタケ シンスケ）
譯者｜游珮芸

責任編輯｜陳毓書
特約編輯｜劉握瑜
美術設計｜蕭雅慧
行銷企劃｜溫詩潔、王予農

天下雜誌群創辦人｜殷允芃
董事長兼執行長｜何琦瑜
兒童產品事業群
副總經理｜林彥傑
總編輯｜林欣靜
主編｜陳毓書
版權主任｜何晨瑋、黃微真

出版者｜親子天下股份有限公司
地址｜台北市 104 建國北路一段 96 號 4 樓
電話｜（02）2509-2800 傳真｜（02）2509-2462
網址｜www.parenting.com.tw
讀者服務專線｜（02）2662-0332 週一～週五：09:00~17:30
傳真｜（02）2662-6048 客服信箱｜bill@cw.com.tw
法律顧問｜台英國際商務法律事務所・羅明通律師
製版印刷｜中原造像股份有限公司
總經銷｜大和圖書有限公司 電話：（02）8990-2588

出版日期｜2022 年 6 月第一版第一次印行

定價｜340 元
書號｜BKKP0298P
ISBN｜978-626-305-217-8（精裝）

訂購服務
親子天下 Shopping｜shopping.parenting.com.tw
海外・大量訂購｜parenting@cw.com.tw
書香花園｜台北市建國北路二段 6 巷 11 號 電話（02）2506-1635
劃撥帳號｜50331356 親子天下股份有限公司

國家圖書館出版品預行編目資料

逃離吧!腳就是用來跑 / 吉竹伸介文・圖;
游珮芸譯. -- 第一版. -- 臺北市: 親子天下,
2022.06 48面; 17X21.7公分.

ISBN 978-626-305-217-8(精裝)

861.599   111004717

立即購買 >

有聲故事書